VENTE JUDICIAIRE

DU

Jeudi 24 Mai 1894, à 4 heures

HOTEL DROUOT, SALLE N° 7

———

TABLEAUX IMPORTANTS

PAR

J.-F. MILLET

COMMISSAIRE-PRISEUR	EXPERT
Mᵉ LÉON TUAL	**M. DURAND-RUEL**
56, rue de la Victoire, 56	61, rue Laffitte, 16

PARIS. — IMPRIMERIE GEORGES PETIT

12, RUE GODOT-DE-MAUROI, 12

CATALOGUE

DE

DEUX
TABLEAUX IMPORTANTS

PAR

J.-F. MILLET

L'Été et l'Hiver

DONT LA VENTE AURA LIEU

Par suite de liquidation judiciaire

EN VERTU D'ORDONNANCE

HOTEL DROUOT, SALLE N° 7

Le Jeudi 24 Mai 1894

A QUATRE HEURES

COMMISSAIRE-PRISEUR :	EXPERT :
Mᵉ LÉON TUAL	**M. DURAND-RUEL**
36, rue de la Victoire, 36	16, rue Laffitte, 16

EXPOSITIONS

PARTICULIÈRE : *le Mercredi 23 Mai, de 1 heure 1/2 à 3 heures 1/2.*

PUBLIQUE : *le jour de la vente, de 1 heure 1/2 à 4 heures.*

ON TROUVE LE PRÉSENT CATALOGUE

A PARIS. — Chez Me Léon Tual, commissaire-priseur, 56, rue de la Victoire.

Chez M. Durand-Ruel, expert, 16, rue Laffitte.

A LONDRES. — Chez M. Mac Lean, 7, Haymarket.

A NEW-YORK. — Chez M. Durand-Ruel, 315, Fifth Avenue.

CONDITIONS DE LA VENTE

La vente a lieu expressément au comptant.

Les acquéreurs paieront 5 % en sus du prix d'adjudication.

Paris. — Imp. Georges Petit. 12, rue Godot-de-Mauroi. — 511-94.

DÉSIGNATION

L'Été

J.-F. MILLET

1 — L'Été

Dans la clarté rayonnante du milieu du jour, la moissonneuse, la tête ceinte d'une couronne d'épis, les épaules nues, les hanches enveloppées d'une draperie rouge, semble Cérès elle-même.

Debout, tenant de la main droite la faucille qui vient d'abattre les gerbes blondes dont le sol est jonché, elle s'appuie sur un van posé à sa gauche. A ses pieds, un panier en paille tressée contenant de la farine et une corbeille de pains représentent les diverses transformations du blé.

Au second plan, au delà des attributs, deux des moissonneurs dorment sur les gerbes amoncelées, tandis que, plus loin, les autres travailleurs poursuivent activement le dur labeur de la moisson.

Au fond, à droite, un bouquet d'arbres se détache dans le ciel clair.

Toile cintrée.

Signé à droite : *J.-F. Millet.*

Haut.. 2 m. 60 cent.; larg.. 1 m. 34 cent.

Vente du 16 avril 1875 -Hôtel Drouot .
Composition exécutée par l'artiste pour M. Thomas, duc de Bojano.
Mentionné dans l'ouvrage de Sensier : *La Vie et l'Œuvre de J.-F. Millet.*
— Paris, Quantin, 1881, pages 286 et suivantes.

L'Hiver

J.-F. MILLET

2 · · L'Hiver

Dans un paysage de neige, sur le seuil d'une habitation perdue dans la campagne, Anacréon et son amie recueillent l'Amour transi.

Couronné de feuilles de lierre, le poëte entr'ouvre les plis amples de son large manteau, comme pour offrir un asile à l'amour que, devant lui, la jeune femme, inclinée, enveloppe déjà d'un geste de pitié caressante.

Éros, tremblant de froid, les ailes repliées, la chevelure couverte de givre, laisse voir son carquois dont les flèches sont tombées sur le sol. Ainsi désarmé il ne semble plus bien à craindre.

Mais qui sait les ruses que médite le petit dieu malin et de quelles peines cruelles il récompensera plus tard cette hospitalité généreuse!

Signé à gauche : *J.-F. Millet.*

Toile ovale.

Haut., 2 m. 05 cent.; larg., 1 m. 12 cent.

Vente du 16 avril 1875 Hôtel Drouot .
Composition exécutée par l'artiste pour M. Thomas, duc de Bojano.
Mentionné dans l'ouvrage de Sensier : *La Vie et l'Œuvre de J.-F. Millet.*
— Paris, Quantin, 1881, page 286 et suivantes.

www.ingramcontent.com/pod-product-compliance
Lightning Source LLC
LaVergne TN
LVHW011455170726
843501LV00009B/3437